U0575368

朱章铭／著

星月集

沈阳出版发行集团
沈阳出版社

图书在版编目（CIP）数据

星月集 / 朱章铭著. -- 沈阳 : 沈阳出版社, 2025.

2. -- ISBN 978-7-5716-4728-5

Ⅰ . I227

中国国家版本馆CIP数据核字第2025US4831号

出版发行：沈阳出版发行集团｜ 沈阳出版社

（地址：沈阳市沈河区南翰林路10号 邮编：110011）

网 址：http://www.sycbs.com

印 刷：三河市国新印装有限公司

幅面尺寸：145 mm×210 mm

印 张：7.5

字 数：144千字

出版时间：2025年2月第1版

印刷时间：2025年2月第1次印刷

责任编辑：赵秀霞

封面设计：明朔书业

版式设计：明朔书业

责任校对：郭亚利

责任监印：杨 旭

书 号：ISBN 978-7-5716-4728-5

定 价：68.00元

联系电话：024-62564911 24112447

E-mail：sy24112447@163.com

本书若有印装质量问题，影响阅读，请与出版社联系调换。

自 序

　　中学时，我便开始写诗，后因种种原因动笔少了。2021年，搬家整理东西时，不经意间发现了几本纸张发黄的日记本，那是我十几年前写的诗歌。看着那些我用稚嫩的文字记录下来的美好瞬间，我心中萌发结集出版的念头。

　　然光阴荏苒，当我将心中想法付诸行动时，时间却已过去好几年了。而出乎我意料的是，整理诗稿竟是一个漫长而又艰巨的过程。将这些纸质文字输入电脑，也费了不少功夫。尤其是那些年少时写的诗，因为时过境迁，我已经认不出某些字迹。于是，只好绞尽脑汁地去回忆彼时情境，努力还原那时的心情，并根据诗意对其中一些文字进行反复推敲。对其中一些诗感觉不满意的，便只能将之剔除。这些诗歌经过反复的阅读、斟酌、修改，竟花了整整一年多的时间，可谓"呕心沥血"，其累人程度可想而知。虽颇折腾人，但所有这一切却是值得的。

这部诗集记录了我内心世界的独白，以及有关人生、爱情、自然、生活等方面的深刻感悟和见解，总计七十二首诗歌。每一首诗歌都是我本心的体现，以最真挚的感情表达我的所思、所想、所悟。爱情则是这本诗集所要表现的主要主题。

第一章情之所至，以收录近十年来创作的爱情诗为主，以自己的经历、独特视角、炽热情感，解读爱情的刻骨铭心。

第二章旅思在路上，以旅行为主题的旅行诗。记录笔者在法国、德国、荷兰等欧洲诸国旅途中的感悟，及身在异乡的独特感想。此外，这些诗歌充满了对未来生活的追求和憧憬，令人感受大自然的奇妙。

第三章朦胧情愫，收录了创作于十几年前的爱情诗。青涩的文字，朦胧的感情，用最真挚的笔触，生动记录了当时的感情心路。

第四章杂篇补遗，主要收录生活中的一些见解和体会，有对友情逝去的惋惜，也有对所遇事情的真实记录。努力以洞察的视角，捕捉生活的点点滴滴，还原平凡生活中的不平凡。

其实，把生活看成诗，人人皆可为诗人。有经历，就会有体会，有体会便会想表达，以诗的语言将自己的感悟记录下来就是诗歌。希望我的诗集——《星月集》，能给读者带来共鸣。

衷心期望大家能喜欢我的这本诗集，谢谢！

朱章铭

2024 年 7 月于杭州小和山

目 录

○ 第一章　情之所至

会心的想法，默许的信念，把领悟升华。

○ 第二章　旅思在路上

见风起时，行走才会有方向，
而心永远会在路上。

○ 第三章　朦胧情愫

触摸的年代越久远，也许只能梦里再拥有……

○ 第四章　杂篇补遗

翻开抽屉，还有遗忘在角落里的东西，
或多或少也应该被想起……

第一章

情之所至

会心的想法，默许的信念，把领悟升华。

别

你早已

住入我心头

倏然又恍惚

我静静地遐想

挥别逝去的晚阳

古老钟楼的钟声

是来自遥远的呼唤

清风飘扬下的裙袂

在我的心头曼舞

小小的纸船

在涟漪的河上漂浮

在铺满石子的河床

我甘愿做一粒沙土

那流云不是水汽

而是心中的幻景

流离在孤星间勾勒出

梦境中的情形

凝眸深望处

搁浅了羁绊

只得向星空处纵眺

带来无限美好的憧憬

满怀憧憬中得到永恒

可我不欲就此醒觉

清风送来离愁的伤感

花卉还在为我传香

暗香是远方你的声息

苦出心头驻

默默呼喊你的名字

想把你留在这里

我洒一把泪水

不吝啬这隐没的暮夜

2004 年 5 月 27 日

你

你最是长长的美丽回忆

在我的天空轻轻划过

你最是小小的幻想希冀

在我的心头徐徐点燃

你最是伴随夕阳的片片晚霞

渐渐下那是李商隐的古原

你最是枯树上只只昏鸦

风萧萧那是马致远的天涯

你最是荆轲的利剑下

奏一曲惊神泣鬼的壮

你最是晏殊的曲调里

唱一段动人心弦的恋

你最是浪漫李白浪漫的飘逸

激荡这三月清清的流水

你最是现实杜甫现实的沉郁

降温这八月灼灼的年代

你最是文静伊人长长的美丽回忆

在他的天空轻轻地划过

你最是沉默书生小小的幻想希冀

在他的心头徐徐地点燃

2004 年 6 月 19 日

天边·牵线

那个雨夜

看见你

执伞在雨中行进

直到你的原点

在我眼前消失

那个河畔

看见你的微笑像天使

站在你身旁的我

望你痴痴

那个冬天

碰到你

慌乱的神情

我确定你就是

我心中的紫色精灵

那个天边

看见你

莲花般的笑颜

是暗香

弥漫了我体内

那个牵挂

看见你的身影

拨动我的心弦

我冲出人群

见你最后一面

那个起跑线

看见你靓丽的身姿

我的心

早已印刻下

你无尽的迷影

那个情牵

看见你梦境里

迷人的笑脸

我才发现

你就在我眼前

那个路线

顺着你

遗留下的轻影

我的心

感慨万千

那个天边的牵线

让我看见

你潇洒的清闲

是泪水

模糊了我的双眼

让我看你不见

2004 年 7 月 8 日

去终南山当个和尚

去终南山当个和尚

清晨打扫寺院门前叶

午后静卧望云卷云舒

傍晚在钟楼的夕阳下

观晚景徐徐消逝

去终南山当个和尚

每日打打水烧烧饭

在前堂诵经

在后山采药

去终南山当个和尚

可以在竹林中弹琴长啸

在佛祖面前许下心愿

去终南山当个和尚

可以每日三省吾身
冥想达摩而面壁思过

去终南山当个和尚
可以泛舟满载许多愁
寄情山水之间
遗忘那些苦愁滋味
放浪形骸之外

去终南山当个和尚
可以揭开四季的面纱
在寂寞萧瑟的季节里
感悟圣道

去终南山当个和尚
可以无拘无束地活着
远离繁华世间的虚华
亲近无为自然

去终南山当个和尚

可以让心境得到宽慰

也许这也是另一种解脱

去终南山当个和尚

可以每天泡一杯清茶

品味人生

无穷回味

去终南山当个和尚

可以每天念抄经书

憬悟禅道

心怀法道

去终南山当个和尚

可以忘却尘世间

所有痛的记忆

忘忧而泰然

去终南山当个和尚

阿弥陀佛

怡然而自得

善哉而无量

了却尘缘亦无悔

2004 年 7 月 2 日

念

断开了的流年

停滞的笑靥

仿佛时不时

虚化了你的容颜

可脑海里仍不时浮现

你的映影

眺望远方

你的方向

留下无奈的遐想

是我内心

无法自拔的惆怅

翻开信纸

影印着你的字迹

我隐约地寻找

你在上面

余存的痕迹

触遇这熟悉的文字

确是你

十指纤纤

最后留给

信笺的温柔

2004 年 5 月 3 日

忆

红唇轻点的眼面

时常闪现

我回顾

你黑色的眼睛

一笑一颦

灵动的眼线

泛滥了

心中的缠绵

思绪蔓延

无法破局的腼腆

看破昔日的局限

时间已然裁剪

我们仅存的合影

竟还原在了

硬盘的轨道里

消失不见

只得卷下珠帘

相忆千里一片

所有的过往

皆是因缘

2011 年 10 月

石头记

你给了我一颗月光石

用爱积蓄的石头记

我坚信

这琅玕^①的坚定

深藏着的心意

你是我的树洞

你的安慰

是我坚实的后盾

我欣慰你的耐心不舍弃

可有一天

我竟失手

它掉碎在地上

---

① 琅玕：这里指美玉。

这破碎的预言

像是易碎的窗户纸

挑破后

便已无法后退

回不去曾经的微妙

多嘴的关心

也是略显多余的刻意

我把你的围巾

浅浅放在抽屉里

最显眼的位置

就是怕

每次围起它时

就印入你

一针一线的温意

冬日里的向暖

也散不尽这哀意

其实你不是替代

刚开始的天真

后来的笃信

因为特别的你

也是我心头

唯一的玉石

没有人可以取代

这最美的存在

可你终究还是

变成了他山之石

他人手心的石头

2011 年 11 月

拒绝

也许我不该

点开那封邮件

那封你写给我的信

看过想过

放下的期盼

又在心头掠过

我暗自神伤

曾经的无话不说

而今的避之不及

不愿面对你

是我痛苦的决定

可你却还是不懂

我们不会有

变成知己的选项

与你一起时

却体会不到

恋爱的滋味

如果放下的结局

是解脱

我宁愿早些

接受这样的结果

如果被拒绝

是一种痛苦

我宁愿早些承受

因为拒绝

是对喜欢你的人

最大的尊重

和最后的怜悯

我付之一笑

摇首送你

最后的苦笑

2012 年 6 月

无期

不曾忘记

桥下的黑顶

把你的余光

弹落在

天上的弦琴里

我想要回去

倘使一支曲是一佳人

一首诗是一回忆

一念想便是一光年

而我的臆想

剪不断的痴念

撇不下的诗情

而我又何必较真

这看不尽的天光

扯不开的爱角

不觉黎明

已近春晓

缄默在

湿存的毒药里

只剩这春光下的你

是我无尽的回忆

你我最初的原点

不曾寻得

未来的交点

已然无存

浪漾些微你的余味

趁着最后一刻

把你写进诗的

每个韵脚里

让它钩住

这最后的流光

2020 年 3 月

一眼万年

乐堤港① 门口的灯火

天台雨露倾倒的雨点

辉光成雪

这一眼万年

圈住了外角的边缘

久住的爱恋

未曾刻意走远

一眼万年

目光所及

时光箭头

时空的坐标轴

划割了你我的象限

---

① 乐堤港：这里指的是位于杭州拱墅区京杭大运河畔的远洋乐堤港
综合体购物中心。

一眼万年

怪我太痴癫

深情得太浅显

葬送没有结果的明天

一眼万年

再美的瞬间

解构了心田

而你的热情

过夜就已衰减

多余的见面

只是肤浅的拐点

一眼万年

不是所有的爱

都理所应当

只有挥霍金钱

才配祭奠

一眼万年

我想要的期限

已无法兑现

你说不想再见

我遵从你的偏见

因为你是

固执己见的芊芊

而你给的蜕变

让我历尽经年

2020 年 12 月

我望向你

我望向你

离我家最近的

那条通向

CROUS^① 的 allée^②

路灯覆盖你轻盈的跫音^③

我望向你

ULCO^④ 图书馆

门前的排椅

充斥着咖啡味的烟韵

飘逸浓郁的清茶香

---

① CROUS：即法国大学及教育事务的地区中心。法国政府官方专门给大学生提供服务的机构。

② allée：指具有法国特色的巷子小路。

③ 跫音：即足音，脚步声。

④ ULCO：是法国滨海大学的法语首字母缩写词。

我望向你

布洛涅^①港口

捕鱼船上

捎来了

出发的号角

吹动你鬓角的发丝

海天处挂着

残阳的红

映衬你发卡的缁色

我望向你

空望点亮

对面灯塔的梦

我望向你

轻色的衣袖

流荡远方

---

① 布洛涅：指的是法国滨海布洛涅。

我望向你

躲在维姆勒①

海岸山头

细数过往轻舟

我望向你

纵使踮着脚尖

而你却无法顾及

兴许也是

未曾记得想起

那段陪你去学校的近途

2016 年 8 月

---

① 维姆勒：滨海布洛涅西北边的小镇，位于英吉利海峡沿岸和维姆
勒的河口处，该镇因这条河而得名。

逃

道一声再见

拥抱也不能

代替的心痛

流尽的泪水

也干了印痕

我的爱

起落又回空

我再一次

向上帝祈求

我不需要

苦恨的尖磨

年龄的增长

并不会让我豁然

爱与情的魔咒

是始终逃不出的桎梏

摆脱不了的枷锁

也是奢侈的妄想

在黑暗中拧成一团

我苦苦逃离

是沙钟里的砂砾

即使过去再久

可总难以漏下

即便时间

磨平了出口

也难以默然

坠落至瓶底

告诉它吧

只有风起时

送来过的消息

呼着你的神名

此时神圣里

还淌着威仪

2019 年 8 月

你的好

你的好

我还留在心里

每当回想起时

就会蹿起

心中的横流

那时天空的云彩

掩藏现时的无奈

尘封在

昏暗的瓦宏^①酒窖

封藏在

无人问津的田野小院

几时的记忆

---

① 瓦宏：是位于格勒诺布尔西北部约30公里的一个小镇，以查尔特酒窖和手工艺闻名。

又疯狂踩入
所有馈赠的恩赐
我都珍惜过
每每难以压抑时
总是记起你的好

你的好
无需言语的依靠
数落往日的逍遥
那时候的烟尘
还没有间隙
疲倦也还未
胀破心头

而今现世的包袱
总不停地背负
暗地里
不见的光彩
石头也难栽在手心
再也回不去

不能疼惜

也不再恬逸

你的好

收缩在迷路的止境

没有光的路

却未尝忘记

那个声音

还在角落里

记忆犹新

2019 年 12 月

信仰

谁给的信仰

天注定

无力阻挡

哪怕上帝

也会相信爱的信仰

无法替代

你让双排键的琴键跳跃

拨动前奏的音响

拽来希微的渺茫

可这并不能挣脱

你宿命的信仰

掺入难以逾越的忌讳

也罢

可能耶和华只顾

让你抬头向前

却无法兼容异想

而我低头自语

你给的冷漠

让你我形同陌路

信仰的力量

死不悔改

而我给过的爱

已收不回来

可惜我的信仰

已然不再

用挽歌填海

佯装置身事外

满眼尽装着

污秽还有挫败

2020 年 9 月

那一天

那一天

你说不想要继续

我的坚决换不回

你的决然

凝固的话语

假装的倔强

堕入黑暗时的暗响

也不是不曾想到过

无助点名了失落

那一天

我想要个说法

你的三言两语

惹我一身怨怼

难言的数落

明知自己

没有过错

缄默地无话可说

我明白

你只是路过

我又何必难过

那一天

要不是遇见你

我本一个人度过

不想做你的玩偶

却也无话可说

你拉黑我

着实地迅落

是无情的执着

折射我的懦弱

连上帝也不忍心

让我的悲伤逆涌

空留利用的借口

枉费了怅悔的倒流

2022 年 7 月

错觉

我搭着你肩

蜷缩在

那细雨晦暗的灯光下

空气中弥漫着

暧昧气息

秋风夜雨

催快了我们

前进的脚步

你嘴角的笑靥

如落花般

镌刻在我心里

你说你的笑点低

我说什么

你都会笑

就这样

我们在雨中欢谑

这情境像极了

一场轮回的梦

如真似幻

缥缈虚无

却似昨日重现

前一天

还信誓旦旦

第二天

却已置若罔闻

原来你的想法

变得比风还快

一个夜雨后

昨日的笑语

还在耳际

如今风流云散

划过我指尖的

是你昨日

发髻的余香

而今日已是

那壕堑里的

死水气味

蔓延着

令人作呕的恶臭

朝夕瞬变

好一出逢场作戏

怪我入戏太深

你已俨然出戏

让我猝不及防

竟无察觉

昨夜堆积的情殇

瞬间倾塌

原来这所有的一切

竟只是个假象

原来感觉

竟也是错觉

不留下

半点容错空间

这到底

算不算欺骗

只是又一个错过

到底是谁的过错

这场该死的邂逅

根本不配

让我再惦念

那个离异的女人

2021 年 9 月

慕尼黑①的眼泪

我是有多大的勇气

来表达我的心绪

却能做到不求结果

我情愿掏出我的心

任其徜徉

你热切的脸庞

令我魂牵梦萦的倩影

柳腰轻盈罗衣舞

纤纤玉手

淡淡柳眉

笑如桃花之灿烂

朦胧中

漫步又轻盈

---

① 慕尼黑：德国慕尼黑市，是德国南部第一大城市，全德第三大城市，位于德意志联邦共和国南部，阿尔卑斯山北麓，是德国主要的经济、文化、科技和交通中心之一。

我轻轻跟着唱和

时而低声轻吟

不料一声清响

让我顷刻梦断魂

梦醒时分

又堕入怅惘

无论过去多久

我的意绪仍难褪却

尽管你在暮夜

我在昼日

但我想守候你

那心中的日日夜夜

和那迫切的念想

一如这夏末的白月光

把你的倩影刻描在了

慕尼黑的某个路隅

倘若你的通感有灵

就让这天边的云雨

飘带去我的忆念

抑或是黄昏

倦展在翡冷翠^①上空

漫溢着火烧云般的热烈

任凭它激荡在

巴伐利亚州^②的长空

风吹雨落

化作伊萨尔河^③的情水

冀望你听到它的倾吐

虽然夏日星辰依旧

转眼已是秋风萧瑟

七月撕裂的晚霞

八月犀利的落雨

雨滴落花

花飞醉伴舞

教人情思化冬雨

恰似呢喃在耳际

---

① 翡冷翠：即意大利中部城市佛罗伦萨，有名的世界艺术之都，欧洲文化中心，欧洲文艺复兴运动的发源地，也是欧洲文化的发源地。

② 巴伐利亚州：位于德国南部，全称巴伐利亚自由州，又译作拜仁州、拜恩州。是德国面积最大的联邦州。

③ 伊萨尔河：德国巴伐利亚州河流，是多瑙河右岸支流。

虽隔千山万里

万语千言似无声

2021 年 8 月 11 日

我想和你谈恋爱

我想和你谈恋爱

在一米余晖的晨曦

在繁星点点的星夜

饱览自然风流

看着火烧云

漫溢苍穹

我想和你谈恋爱

漫步在秋雨后

西湖边的无人小径

吐露心声

聆听私语

我想和你谈恋爱

在海滨的山麓

在山花烂漫的幽谷

自由地疯笑

追逐无尽的逍遥

忘却人世纷扰

秋风秋来

秋雨夜里的秋叶

秋蝉哀鸣

满园残花凋谢

却不曾停留

唱尽了谁的忧愁

2021 年 8 月 14 日

年轮

砍下树的年轮

内外圈的同心圆

把它们无限放大

新旧纹理里

堆着重叠的深浅线

深陷着望不到底

似也纹着

你留过的指痕

重影着你特别的指纹

时间的温度

风干了我的泪痕

抚平了我的伤痕

吹皱了我的皱纹

转述我仅剩的认真

2022 年 10 月

最后的最后

那晚我本能的防卫

把你在我心里的位置

拼命往外推

星夜的蝉鸣

高鸣着别离

夹带夏天

轻风的燥热

面对面

却难以心对心

你的千言万语

我却用沉默

难以回应

固执桎梏了灵魂

这次指尖碰触的轻柔

是你我

最后一次的拥抱

却让黑夜割裂了

你我的距离

我驻足在街角

收拾了眼泪

月光下的孤灯

照长了你的远影

让我再静一静

看你最后一次

我知道

你我头也没有回

也许这辈子

难以再见

记住最后

这温柔的画面

你我终将

走向陌路

没有想到

你我最后的最后

独自一方各自过活

2023 年 6 月 30 日

花火

黑夜下的烟花

是绚烂的

也是倏忽急逝的

那些被引力

吹落的弧线

装饰着

易冷的寒夜

也点染了

远处的霞光

像极了

两颗心炙热的遇见

你说你是爱我的

却又如

虚盈幸福的假象

我努力

寻找真相

所有的争吵

无问对错

所有的追问

我却只能

沉默应对

若能事先

洞若观火

所有许愿的誓言

或许还能触摸

失去火花般的你

像撕裂声中的烈火

似是最后的余韵

剩余美丽的残破

只能锁在

老去的回忆里

踟蹰蹉跎

2023 年 7 月 1 日

铭记

默默埋葬

那段心结

把你名字

刻在心中某个位置

我们的乐章

断更在那一天

就此没了续曲

没有陪你看的

那日出和黄昏

没有陪你看的

那极光烧星云

还有没有机会去的

海边浪淘沙

一切所有的所有

都还在那本记事本上

无数件

要一起做的事

已然成为

心中的缺憾

一起随着

这车载遗香

被风吹散

飘散去远方

请允许我

最后的执拗

把你写进诗的乐章

匆匆一首曲

谱尽关于你的

所有记忆

愿它抹去

我带给你

所有负面的情绪

偿还我的亏欠

希望你

偶有想到我时

依然还是你心中

记忆里

那个完美的模样

2023 年 7 月 3 日

不如归去

七月的桑榆

八月的天雨

肖邦的夜曲

演绎往日的嘘吁

飘远的柳絮

无人问津的序曲

远走高飞的飞鱼

还去那一抹的绿

却未来得及拾取

你我的相遇

掺杂蓝色的忧郁

找不到

韵脚的诗律

续不上

断裂的音序

终究无法延续

夹生了

苍白的言语

不知所措的断句

掩饰离别时的

冷言冷语

我们面面相觑

只剩唏嘘

飞掠过的青羽

在我耳边低语

不如归去　不如归去

2023 年 8 月 4 日

断离

怎么开始的

就怎么结束

谎言里挟裹着

全力以赴

无言的相告

也显得冰冷无助

没有共同经历过

艰难险阻

思忖也不会有深度

又谈何脱俗

还不是不相处就不相处

只有习惯了麻木

才会隐忍不哭

谁也不是谁的专属

暗藏的交易

虽然满嘴不在意

可比天高的心

让我高攀不起

隐匿的标准

条框的奉承

终有一天

显露无遗

翻脸比翻书还快

是积怨太久的埋汰

舍近求远的交代

短暂完成自我的收买

就该扭头就走

不要留步

不再看到你

捅落满天的犄角

倾倒被误解的嘲笑

静置的棺椁

默默隐秘

这不欢而散的罅隙

2024 年 9 月 20 日

第二章

旅思在路上

见风起时，行走才会有方向，而心永远会在路上。

安纳西 ①

安纳西的锁桥 ② 下

印刻你的画影

你在桥上摄景

而我在桥底

追你的倒影

在这中世纪

古老的小镇里

我想陪你走过

铺满石板路的老街

弥望水中央

---

① 安纳西：又名安娜西，法国东南部小镇，靠近瑞士日内瓦，风景优美。

② 锁桥：安纳西爱情桥，传说是法国思想家卢梭和华伦夫人约会的地方。

水浪回转的岛上皇宫 ^①

沿路街边斑驳的墙角

兴许也是

卢梭留下的痕迹

遐望远处

阿尔卑斯的山雪

一路化作了

这安纳西的明珠湖

我内心的明镜

一如这

清澈见底的湖水

期冀着你

一眼望到底

这个季节

最美不过安纳西

因为这里

---

① 岛上皇宫：又名岛官、岛屿官、利勒宫、中皇岛。建于12世纪，是安纳西总督的官邸，后来成为法院，法国大革命时期作为监狱使用，现在是博物馆。坐落在河中小岛上，是安纳西标志性的建筑。

小桥流水

梧桐深秋

年华易逝

本无心恋留

这美好的邂逅

仿佛把时间

滞留在老城区

那老教堂^①的门口

2014 年 10 月

---

① 那老教堂：指的是安纳西圣皮埃尔教堂，传说法国思想家卢梭和华伦夫人就在通向教堂的路上第一次相遇。

布洛涅^①的海边

布洛涅的海边

老人与海的情节

不远处是

大不列颠的万家烟火

听着海浪

沐浴在

海的哭泣声中

它无数次

冲撞海岸边的礁石

终于天黑了

逐渐抹去

这一片浪响

点亮远景的海灯

---

① 布洛涅：又名滨海布洛涅，法国东北部沿海港口城市。离敦刻尔克、里尔不远，处于离英国最近的海岸线上。拿破仑一世对外扩张期间曾在滨海布洛涅大兴土木，修建军事设施。

波光一角

我痴痴地站立

仿佛身处

旋涡之心

海鸟也倦了

呼啸着

急掠过这惨淡的天空

留恋着最后

海的腥味

海天一色时

混淆了

红黄灰黑的夜光

纵使花痴

也会眷恋

布洛涅的海滩边

古城墙上倒影着

泛着微光的星天

而你正静谧在

旧墙步道的

某个角落

耳畔传来的是

拿破仑布洛涅军营^①的号角

2016 年 8 月

---

① 拿破仑布洛涅军营：即1798年，拿破仑曾在滨海布洛涅建立军营。

滨海布洛涅

我在布洛涅的海角

寻遍往日的欢笑

随时淹没的赤脚

难以意料的尖叫

回荡在沙滩上轻跳

黄昏时分

重登古城墙深处

晃荡在

加莱海峡 ① 的海风里

再看一眼

这海滨之地吧

---

① 加莱海峡：又名加来海峡，法国人称之为多佛尔海峡，位于英吉利海峡东部。法国滨海布洛涅隔着加莱海峡与英国隔海相望。

中世纪泛光的城门 ① 下

传来市政厅古钟塔 ② 的钟声

像是在催发

圣母主教堂 ③ 上的石兽鬼

也似在催逼我急行

海腥味

漫溢在布洛涅火车站

在这离港口最近的地方

从旧港飞来

鸣叫的鸥鸟

不断为我送行

可我还不愿离开

---

① 城门：是指位于布洛涅老城区的城门。约建于13世纪，曾经是古罗马时期罗马军团的营地之一，也是法国保存最为完整的古罗马建筑之一。

② 古钟塔：即市政厅的钟塔Beffroi，是由一座7世纪建的城堡塔楼改建而成，被列入了世界文化遗产。是法国北方钟塔中最古老、最有名的一座。

③ 圣母主教堂：滨海布洛涅的地标之一，以其巨大的圆顶闻名。教堂建于19世纪初，但在1921年拱顶塌了，1926年重修过一次。

让我最后再看一眼

这奥帕尔海岸之都 ① 吧

我深爱的布洛涅

转角处的路牌

通往 Nausicaá② 的小路

许是一路向北的坦途

再见布洛涅

哪日归来时

不知是否

还依然温存着

这天海的味道

再见布洛涅

纵使仍有

打不开的心结

在心头

---

① 奥帕尔海岸之都：又译为欧帕勒海岸首府。

② Nausicaá：是坐落于滨海布洛涅的海洋馆，目前已成为欧洲最大的水族馆。

穿越过的千军万马

兴许让

布洛涅的烟云

黯淡这

流光下的奔腾

再见布洛涅

我把所有的爱

所有的情

所有的心

托存在这里

我挚爱的布洛涅

2016 年 9 月

格勒诺布尔 ①

一步一景一回头

一望一探皆山头

这才是格勒诺布尔

在阿尔卑斯山脉

伊泽尔河 ② 畔

司汤达 ③ 的思绪

在这里慢慢汇聚

而我在市中心的老街

靠近老城深巷处

---

① 格勒诺布尔：法国东南部城市，伊泽尔省的首府。法国滑雪胜地，曾举办过冬奥会，也是法国有名的科学城，被誉为"欧洲硅谷"。

② 伊泽尔河：法国西南部河流，源头是意大利境内的阿尔卑斯山德利塞朗山口，流经格勒诺布尔市内。

③ 司汤达：法国批判现实主义作家，出生在格勒诺布尔。市区有其故居，在他16岁前，都在格勒诺布尔生活。

黄昏的雨果广场①

遗落下

孤单的影子

彼时

圣安德烈教堂②的塔尖

流溢着

一丝红橙万光

那是美奂的夕阳

切割了它的光影

与城区所有矮房③一起

倒映在

不远处的阿尔卑斯雪山

只顾耽溺于

---

① 雨果广场：位于市中心的维克多·雨果广场，是以法国大文豪雨果的名字命名。

② 圣安德烈教堂：格勒诺布尔圣安德烈教堂约建于12世纪，因其有特色的拱门而闻名。

③ 矮房：格勒市区只有三座高于6层的现代高楼，其余都是少于6层的翻新旧楼。

巴士底堡^① 的山顶

满目的火烧山

席卷了远点的勃朗峰

当思念流淌过

格勒诺布尔剧院

恰是一幕

刚刚落幕的戏

喝完这一杯

Chartreuse^② 的查特酒^③

寄托凌乱的心绪

2012 年 6 月

---

① 巴士底堡：即巴士底堡垒，海拔476米，修建于16世纪，是一个
防御工事堡垒，也是格勒诺布尔市的地标建筑。上山的缆车是全世
界第一个城市缆车，极具特色。

② Chartreuse：法国查尔特勒修道院，也指格勒诺布尔市的查尔特
勒山脉。

③ 查特酒：音译查尔特勒酒，又名荨麻酒，是法国查尔特勒修会的
修道士发明的一种力娇酒。

布雷斯特 ①

布雷斯特的军港

遥远的兵工厂

漫无目的的往返

位移在

两个终点站

我可以一下午

就待在

这空中缆车 ②

法国最西端

大西洋的寒气

---

① 布雷斯特：位于法国布列塔尼半岛西部，布列塔尼大区菲尼斯泰尔省的一座海港城市，也是法国西部最大的海军基地。

② 缆车：指的是布雷斯特市中心交通工具之一的缆车，只有两个停靠站约10分钟的路程，乘坐缆车可俯瞰全市优美风景。

是布列塔尼 ① 冬天的风

吹带不走

我身上的余温

热烈的企盼

是靠近大西洋

最远处的地方

一样的景致

却不令人厌倦

军舰出港

目之所及

天与地之间

难以分清

可终归

还是要回去的

摇荡的颠簸

心念的贪想

我只想化为

青黄色的苔衣

---

① 布列塔尼：法国布列塔尼大区，位于法国西北部的布列塔尼半岛、英吉利海峡和比斯开湾之间。

伴着海的湿气

留在这

港口的瞭望台

2017 年 2 月

加尔桥^① 的树林

我迷失在

加尔桥的树林

这里雾气逸散

游客皆回

我后悔

没有找到出路

解药没了救赎

天色也散尽

这最后一缕光

黑密的森林

穿过一次

又重现一次

步子也迈得

---

① 加尔桥：位于法国南部尼姆市的东北。是世界上现存最大的古罗马引水渠，也是世界上最高的高架引水桥。

越发焦急

路牌上的箭头

好似每次指向

静寂的回头路

可却怎么也

走不出

而我真真确确

迷路在

这灌木丛生的

桥边草木里

似是命运齿轮的流转

安排我

无数次的往返

天色暗下

只有风吹树的落响

直出加尔桥的桥洞

这可怕的安谧

是我此刻

最不想要的存在

桥两边山的回应

尘封古罗马时期的声响

末了

一声"请跟我来"

是我隐藏

许久的期待

让我喜出望外

2017 年 2 月

圣米歇尔山①

这条通往朝圣的路

似乎没有一丝坦途

我要去到最尽头

放浪在

圣马洛湾②的最深处

微听海潮的浪

大西洋的海风

漫过长堤

最泥泞的沙石

也不能

阻挡它的脚步

也不知潮汐

---

① 圣米歇尔山：又名圣弥额尔山，位于法国北部诺曼底和布列塔尼
之间的海面上。是天主教除了耶路撒冷和梵蒂冈之外的第三大圣地。

② 圣马洛湾：法国布列塔尼北岸英吉利海峡海湾。

何时会吞噬

这山下的滩涂

牧羊人

远走的脚印

被流沙

不断冲蚀

还裹挟了海鸟

迷途而不知返

修道院 [①] 里的回廊

神的意愿

生命里的灰烟

与闪雾相间

唱着长短歌

才发现

这里的青石青苔

五光十色

---

① 修道院：即圣米歇尔山修道院，建于1023年。塔楼与中殿是典型的罗马式建筑。

慢悠悠在石头山 [①]

寻一处歇脚

追着天黑前

最后一道光影

间隔圣山

天与地的棱角

2017 年 2 月

[①] 石头山：这里指圣米歇尔山，它本是一座呈圆锥形的岩石小岛，因此这里又称为"石头山"。

卡尔卡松城堡 ①

你忘记罢

这童话里的古堡

橙蓝色城塔下

古城墙旁的小路

你我相遇的出路

装作陌生人

不同的归路

不远处守望台

传来的琴音

回响着你的浅笑

吊桥下的护城河

也慢慢随你

澌流走远

---

① 卡尔卡松城堡：位于法国南部城市卡尔卡松市，是欧洲最大、保存最完整的中世纪城堡，有着超过2000年的历史。

也只有

刚刚路过的

圣纳泽尔教堂①外的石像怪

目睹我陪你的这一路

而我也只能

陪你到这里

穿过中世纪的鹅卵石

城墙外面的我

还在等着一个回应

此时时光机

它走进来

静静躺在

我孤夜的篇章里

那是光阴的结局

2017 年 3 月

---

① 圣纳泽尔教堂：位于卡尔卡松城堡的南面，建于12世纪，是一座
具有巴西利卡风格的教堂。

阿维尼翁 ①

普罗旺斯的夏天

紫色薰衣草的花海

难以寻觅的人影

无人在桥 ② 上放歌 ③

钟楼广场 ④ 的梧桐

忘记了

曾经树下的期许

---

① 阿维尼翁：法国南部东西方向交通线上的一个重镇，是14世纪罗马教皇的住所，在14世纪基督教化的欧洲扮演了重要角色。

② 桥：这里是指"阿维尼翁桥"，又名贝内泽桥，半跨在罗纳河上，传说是贝内泽牧师受神灵启示而建。全长900米，共20拱。在1668年被特大洪水冲毁之后干脆废弃了桥梁，大部分被陆续拆除，愣是将阿维尼翁桥整成为断桥。后面提到的断桥也指它。

③ 放歌：指的是唱法国一首流传很广的民歌——《在阿维尼翁桥上》。

④ 钟楼广场：是一个长条型广场，两边有成排的法国梧桐树和许多露天咖啡座，阿维尼翁市政厅及歌剧院离此不远，此广场因市政厅有一座14、15世纪的哥特式钟塔而得名。

共和国大道 ① 的树荫

斜阳下的断影

许是断桥 ② 下的残影

更是迷离双眸

刻出的重影

来自地中海的暖风

沿着罗纳河 ③

也挽留不住

它最终的归宿

百年断桥的幽梦

跨越新老城区

东西蔚蓝海岸

阿维尼翁古城墙上空

忽而传来

教皇宫 ④ 的弥撒

① 共和国大道：是阿维尼翁市区的主干道，贯通南北。

② 断桥：见前页注释②。

③ 罗纳河：又译作"罗讷河"或"隆河"。发源于瑞士，经日内瓦湖流经法国境内。

④ 教皇宫：位于法国阿维尼翁古城池顶，是一座城堡式的建筑。始建于1334年，占地约1.5万平方米，先后有7位教皇在此居住。

依然响耳

这沉沦的迷茫

又割裂了谁的主宰

2017 年 4 月

艾克斯普罗旺斯 ①

我踱蹀 ② 在

"塞尚之路" ③ 上发呆

这里好像经久未衰

光与影

交叉着汇聚

寻找曾经的韵律

夜色灯影下的小镇

套走了

月亮的光芒

交错着的烦恼

---

① 艾克斯普罗旺斯：法国南部城市。其名源自拉丁文"水"，象征这里水源丰富，在古罗马时期，因其泉水的医疗功效，被赞誉为"水城"。这里以林荫大道、优雅的喷泉和宏伟的古宅为特色。后面提到的"水之城"也指此地。

② 踱蹀：这里指小步走路，来回走。

③ "塞尚之路"：指城内有刻着塞尚名字的地标，沿着地标就能顺着塞尚的足迹去寻找他给世人留下的文化遗产。

撑开了

天边下行的落晖

城里喷泉下的地下水

总是流不尽的声波浪

米拉波林荫道 ① 上的棕榈

遗忘刚被风吹走的落叶

无数个

重复着的下午

无数次走近

这黄色砖瓦的

古建筑

地中海的情调

就这样呼之欲出

而满街道

葡萄酒的颜色

却还是

薰衣草的味道

---

① 米拉波林荫道：1651年开始修建，东起荷内王喷泉，西至大圆亭喷泉，是市区最具特色的大道。

这时才醒悟

这座"水之城"

所有的光线

狠狠命中

我的神经

而我还会再回来吗

黄昏

黄梧桐下的

黄房子

我还在

古居的明暗处

不起眼画家的

黄画笔下

超现实的画作中寻路

苦望天幕

最后一道光束

转街墙角处

最美好的光路

2017 年 5 月

马赛 ①

孤寂在

地中海的伊夫堡 ②

船儿经过也不逗留

近在咫尺

无意飞去的是

白压压的海鸥

这虚无的空境

与世无争

被遗忘的孤岛

只剩认命的煎熬

可它还一直在那里

---

① 马赛：位于法国南部，地中海北岸，风景优美，气候宜人，是法国的第二大城市和最大的海港，也是法国南部的行政、经济、文化和交通中心。

② 伊夫堡：法国国王弗朗索瓦一世在1524年兴建圣母院的堡垒时，为加强马赛的防御而提议在这座离海岸约2公里的小岛上修建的一座坚固的堡垒。因大仲马在《基督山伯爵》中的描写而闻名全世界。

框着地中海的蓝

好想让

对岸旧港①的摩天轮

转上我的心眼

传上云端

仰望轮回

代入绵长诉情

而终有一刻

是会忘记

时间的流转

就这么端详着

誓言的飘散

无端坠入

高地圣母大教堂②

---

① 旧港：即马赛旧港，是法国马赛市历史最悠久、最重要的港口之一。中世纪时期，此港口成为地中海地区最繁忙的中转港口，并在文艺复兴时期达到巅峰。

② 圣母大教堂：全名为"马赛圣母加德大教堂"，因大教堂主体建筑上方有一座金色的高达9.7米的镀金圣母像而得名。它是马赛市的地标建筑。建在150米高的一个山丘上，从这里可以俯望马赛全城，以及眺望地中海风景。

一千多个日夜

祈求的安静

只有在这里

旋涡卷走悬惑

还去梦见的骚动

2017 年 6 月

蒙彼利埃 ①

喜剧广场 ②Tam③

　传来的鸣响

　让我重返

　现世的冥想

　这里没有寒流

　阳光爱着河流

　登上水塔

　圆柱形的萧墙

　唯一最后的倔强

---

① 蒙彼利埃：南法城市，位于地中海沿岸，是法国奥克西塔尼大区埃罗省的省会。全年温暖且日照充足，几乎没有冰雪天气，是法国的避寒胜地，被称为"阳光之城"。

② 喜剧广场：位于蒙彼利埃市中心，这里连接着蒙彼利埃旧城区和现代化的新区。

③ Tam：蒙彼利埃市区有轨电车的法语名称，市内共5条线路，因电车造型涂鸦夸张而闻名全法。

把最美好的乐章

留在蒙彼利埃

今日的阳光城

明日的喧嚣

把心留在蒙彼利埃

无论去离多久

也不会淡忘

佩鲁门广场①的雕像

与凯旋门②的对白

2017 年 6 月

---

① 佩鲁门广场：是法国最著名的广场之一。在这里可以俯瞰地中海，远眺塞文山、比利牛斯山和阿尔卑斯山。

② 凯旋门：位于佩鲁门广场对面，名叫佩鲁门。是17世纪建造的镀金凯旋门，比巴黎凯旋门早一百多年。

卡昂 ①

穿越眼前的 Twisto ②

打破了

圣埃提安教堂 ③ 的钟响

蹒跚着来到

卡昂古堡 ④ 下的

米巷里 ⑤

在这里开怀畅饮

谈玄说妙

驻足在卡昂大学的

---

① 卡昂：又名"冈城"，法国北部城市，是法国下诺曼底大区和卡尔瓦多斯省的首府。是二战盟军诺曼底登陆后，攻打的法国本土第一个城市，在二战中受损严重，战后重建。也是法国重要的港口之一。

② Twisto：卡昂市内有轨电车的法语名称。

③ 圣埃提安教堂：即卡昂圣埃提安教堂，是法国北部罗马式教堂的代表。建筑样式上比罗马式建筑有更多改进，是哥特式建筑风格的先声。

④ 卡昂古堡：位于卡昂市中心的小山丘上，是西欧最大的城堡之一，城堡的主体建筑已毁，而城墙在2004年经过大面积修复。

⑤ 米巷里：指的是卡昂城堡下的一家中式面馆。

凤鸟雕像前

翻开这诺曼底的

太阳雨

棉花糖的半天色

烧出了两堵光色

一边是烈阳

一边是冰雨

宛如这侧边

已断了的曲

那一侧

留不了的言

化作唏嘘的灰色线

串联了

回忆里的泪腺

不变的还是

迟到暗夜的

夕阳无限①

2016 年 8 月

---

① 迟到暗夜的夕阳无限：由于法国纬度高，夏天光照时间长，黑夜
短，夏令时经常晚上10点天还亮着，太阳刚落山。

阿尔勒①

我在阿尔勒

追寻梵高的拾光足迹

罗纳河②的星夜下

向日葵的田野间

夕照过的黄房子③

还有阿尔勒的吊桥畔

游荡在老城区

才发现

曾经的古罗马竞技场④

没了往日的喧闹

累了

就在梵高咖啡馆

① 阿尔勒：法国东南部城市，地处罗纳河三角洲头。1888年至1889
年，梵高曾在此居住，留下了不少画作。

② 罗纳河：又译作"罗讷河"或"隆河"。发源于瑞士，经日内瓦
湖流经法国境内。

③ 黄房子：梵高在阿尔勒期间的住所，因粉刷成黄色而得名。又因
梵高的画作《黄房子》而出名。

④ 古罗马竞技场：坐落于阿尔勒市中心，又叫阿尔勒竞技场、斗兽场。

点杯咖啡

趁着日落前

享受普罗旺斯的安排

曾经的阿尔勒医院 ①

还是梵高住院时的模样

这里的一花一草木

伴着苍青天和蘑菇云

还原当初宁静的遭遇

起风时

棕榈叶的低吟

好似横跨时间

让我近距离与

文特森·威廉 ② 对话

而我还流连在

阿尔勒的古巷里

忘却了时间的凝滞

2017 年 6 月

---

① 阿尔勒医院：即阿尔勒修道院、疗养院，这里是梵高当年在阿尔
勒住的医院。如今已被改造成一个文化中心，一楼有几家售卖纪念
品的店铺，二楼则是图书馆。1888年2月梵高割下了自己的左耳垂儿，
被送到了这家医院接受治疗。

② 文特森·威廉：梵高的名。

尼姆斗兽场 ①

我第一次路过尼姆 ②

便不愿离去

在斗牛士的雕像前

那是沉睡着

千万年的呐喊

庞大的竞技场

是角斗士的代名词

挣扎在

生死边缘

与猛兽的搏斗

还有刀光剑影的

人人决斗

---

① 尼姆斗兽场：位于法国尼姆市中心的火车站旁，是世界上六大竞技场之一，也是目前世界上保存最完整的古罗马竞技场。

② 尼姆：法国南部加尔省的首府，靠近地中海，全年阳光充足，市内保留了多个古罗马遗迹。

流尽了

从第一滴血

到最后一滴血

曾经的荣耀

如今的虚土

纵使充满着

勇气和信念

喜与悲

也抹不去

过去的苦难与怨恨

那窟窿的洞孔

倾诉曾经的血腥

一抹夕曛的余晖

透过孔洞

胜似血光

映射杀戮

终究埋葬了空洞

世上本不应有奴役

而今只是换了形式

2017 年 7 月

阿姆斯特丹

我站在

阿姆斯特丹中央车站 ①

海鸟不停飞旋

使我更留恋这最后的光景

五颜六色的调色板

也调不出

这座童话小屋的韵味

忍不住望向街角

仍是来时的样貌

灰烬燃烧成水波

我的独夜不曾寂寞

清澈泛黄的运河水

映衬着河畔

霓虹灯的亮眼

---

① 阿姆斯特丹中央车站：即阿姆斯特丹火车总站，设计风格为荷兰新哥特式，建在3个人工岛屿上，共有8687根柱子支撑，于1889年正式运营开放。

欢声笑语的夜游船

总是一闪而过

把夜幕的消息

传到水坝广场 ①

昨日带着光斑的风车

是今日晚风

带不走的告别

话别岸边形形色色

各怀目的的年轻人

停下脚步

也画不尽这美色

这流动的景致油画

而我只是这画角

最不起眼的那光点

装饰运河畔的郁金香

而此时你的唇

已满是秘馞 ② 花香

2017 年 7 月

---

① 水坝广场：又称作多姆广场、达姆广场，是阿姆斯特丹的心脏和城市历史发源地，也是荷兰最具盛名的广场。

② 秘馞：bì bó，形容香气浓郁。

汉堡①

是谁在易北爱乐厅②高歌

易北河③畔飘来的交响乐

唱不尽的惆怅

只有暂时忘掉

各自的羁绊

几公里处

阿尔斯特湖④上的喷泉

---

① 汉堡：是德国北部著名城市、德国第二大城市，也是德国最重要的海港和外贸中心、金融中心。

② 易北爱乐厅：即德国汉堡易北爱乐音乐厅，2017年由赫尔佐格和德梅隆建筑事务所设计，内含音乐厅与住宅和酒店等，是全世界最具代表性的音乐场馆之一。

③ 易北河：是中欧主要航运水道之一，发源于捷克和波兰的边境，三分之二流经德国。易北河的主道和两条支道都横贯汉堡市区。

④ 阿尔斯特湖：本是汉堡市内的一条河，在永芳大街前通过伦巴底大桥和肯尼迪大桥时被分为两半，在这里河面变宽。因此将这一段阿尔斯特河译成阿尔斯特湖。

照映了市政厅 ^① 的样貌

点燃仓储城 ^② 的红砖墙

刻录传世的沧桑

突如其来的骤雨

突破天际

最后一道光束

幻化最后的绝响

沉淀耀夜的明亮

圣米歇尔教堂 ^③ 的钟响

湮没了

汉堡港的冬天

推响这不夜城的喜悦

流连光景的笑靥

---

① 市政厅：即汉堡市政厅，位于阿尔斯特湖边上。建于19世纪末，以砂岩为建筑材料，为新文艺复兴的建筑风格。

② 仓储城：建于1888年，为扩建汉堡港而建，是一个仓储式综合市场，主要用于储存商品。它是世界上最大的桩基础仓库区，已经被联合国教科文组织认证为世界遗产。

③ 圣米歇尔教堂：位于易北河北岸，是汉堡的标志性建筑。自18世纪以来，虽历尽风雨，仍宏穆不改，教堂的钟声已融入汉堡市民的生活中，成为不可缺少的一种象征。

末了

在绳索街^①里

买醉

在伦巴第大桥^②上

醉歌

2017 年 1 月

---

① 绳索街：名字来源于为港口服务的缆绳，是德国汉堡的夜生活中心。

② 伦巴第大桥：是德国汉堡市阿尔斯特河上的公路和铁路桥，以1651年在伦巴第当铺的名字命名。原本是木桥，1865年改造后成为现在的样子。

雷恩①的泪雨

雷恩静夜的细雨

是秋天雨夜里的自语

也是离调的夜曲

迎雨风吹来的微雨

散落在

布列塔尼国会②的广场

约束了我眼睑的泪雨

昏黄的路灯

彩色的木筋屋③下

铺满着石头路

透露雨气里的心语

---

① 雷恩：法国西北部城市，西部大区布列塔尼大区的首府，也是伊勒-维莱讷省的首府。曾被评为"法国最宜居的城市"。

② 布列塔尼国会：曾是布列塔尼公国的法院，如今是布列塔尼大区的地方议会所在地，也是地标建筑之一。

③ 木筋屋：即雷恩的木筋屋，从中世纪流传至今的木筋屋是布列塔尼地区的珍贵的历史文化遗产，在雷恩市区超过280座。

雨雾里藏着的阴影

夜雨遮蔽了我的视野

掩蔽了所有的千语万言

而你的眼睛

眉角下的雨滴

浸湿了我的头发

我本无意

回望是

咫尺的悲楚

而我的心里

仍卷着阴雨

2017 年 8 月

圣马洛^①

布列塔尼的滩涂

牧羊人的守护

夏多布里昂^②墓碑旁的石木

坦然面对所有

命运的归宿

面朝大海的幻想

即使困顿

终能邂逅

暴雨后的彩虹

附带海风

夹着雨

---

① 圣马洛：法国西北部城市，是一座保存完好的中世纪古城。因其美丽的海滩、古老的围墙包围的城市而扬名世界，这里是世界潮水最高的地区之一。

② 夏多布里昂：即弗朗索瓦-勒内·德·夏多布里昂，是法国早期浪漫主义的代表作家。著有长篇自传《墓畔回忆录》等名篇，出生于法国圣马洛，死后葬于圣马洛大贝岛上。

戳中了老城区

圣马洛城堡的尖塔

光亮得没有荡音

遥相呼应的

大小贝岛 ①

也突兀聚点

我在岛边海滩

拾取一个贝壳

刻下你的名字

就是怕

海鸥突然带走了

你的讯息

潮水刚淹没过脚印

交织潮汐要来的音讯

---

① 大小贝岛：即大贝岛和小贝岛。大贝岛即圣马洛西侧的一座潮汐
岛，上面岩石密布，只有一条人工堤道和老城相连，在涨潮时难以
通行。小贝岛则是位于大贝岛以西约100米，是一座17世纪时沃邦修
建的城堡。只有退潮时才能上去。

大西洋的爱

我汩汩的珠泪

随了这

圣马洛的潮水

虽时起时落

可终会流回

我的爱

哪怕淹没在

潮退的花海

那裸露的艳石

也会记得

我的坚持

2017 年 3 月

诺曼底 ① 海滩

诺曼底的海滩

盟军在这里登陆

诺曼底的天际处

云海密布

沙滩不远处

还有废弃的弹药库

海风呻吟

海浪声同时伴着

我的海歌

随作海潮的风

化作涨潮时

海涛声里的泡沫

跨越世纪的炮声轰响

远离凡世的尘嚣

---

① 诺曼底：是法国西北部的一个行政大区，2016年合并上诺曼底和下诺曼底为诺曼底大区。

凝望着逝去的念想

褪去太快的踪迹

哀嚎远去的不舍

沉没在

回浪的波声里

也只有

海角悬崖的那片礁石

刻下它到过的痕迹

海鸟追风处

孤影照亮归时路

浪迹天涯亦无觅处

2017 年 8 月

第三章

朦胧情愫

触摸的年代越久远，也许只能梦里再拥有……

殇

怀旧着

昨日的依恋

情怀里

无限的情节

踏着人去楼空

烙下的缺陷

无限的思量

不知所措的迷茫

暗自神伤

清扬着癫狂

坠入深渊的呼唤

想　想　想

跳出痛苦的海洋

吞没远景的方向

追梦恬馨的花漾

2004 年 3 月 20 日

无尽

看不清的笑容

抵挡不住

欢唱的小鸟

似乎无需飞翔的小脚

轻掠空中

自由蹦跳

而我笑不出声

哭不出泪

哪怕只有短暂的永恒

我也心甘情愿

直至心里没了防卫

精制得像

一杯蒸馏水

愈我情伤

是你针刺我愁云的穴

没了你

失去同步的感觉

心中奇妙莫名

自我安慰的陶醉

疲惫也难以入睡

只好怅然一声唤

让世界同我一起哀叹

2004 年 3 月 22 日

雨霖铃 ①

一曲雨霖铃

秋风秋叶雨飘零

雨淋林处声声慢

雨淋风铃声愁人

风吹雨声

泪滴处

似你音信

苦追忆

唱和作歌酒令

孤影独饮自醉

玉酒洒满地

---

① 雨霖铃：词牌名，也作雨淋铃。原为唐教坊曲名。相传唐玄宗在入蜀途中，因在雨中听到铃声而思念杨贵妃，遂作此曲，以寄托哀思。

伤心处

秋思声最切

2004 年 3 月 23 日

闲愁滋味

我只在乎

你的感受

告诉我

你为何要走

为你消瘦

好像自己

变得无药可救

像极了

一只漏气的皮球

我还依然记得

那美妙的一瞬

轻轻碰触

你的双手

温存得

无需任何理由

可能只是

短暂的迁就

没有你

只剩下

寒夜的哭愁

日子忽然

变得好长久

只想举杯

消愁醉酒

2004 年 3 月 24 日

心愁

日子在心中流失

思绪还在键盘上

机械敲击

听风听雨

找不到喜悦

无论阳春白雪

还是汉宫秋月

无法掩饰

内心的决绝

就此谱写

无限的省略

只能享受音乐

过去的日子

在心头飞掠

还是不能忘却

那个位子的空缺

闭上眼

回忆在飞越

仿佛又回到

那流年岁月

悲寂得如一只

无家可归的灰雀

难以抵挡

霂霈①的肆虐

真想听到

鸣叫的喜鹊

看到开屏的孔雀

也许那时

愁绪湮灭

2004 年 3 月 31 日

---

① 霂霈：大雨，形容雨势极大。

凄凄 ①

隐隐看见

你的浅吟

蒙蒙中

是你远去的倩影

静静凝望

你的声息

淡淡挥洒

夏日的余馨

悄悄聆听

记忆的足音

明明追寻

岁月的轨迹

---

① 凄凄：形容悲伤凄凉，表达一种哀伤、哀愁的情绪状态。原词出现在《诗经·郑风·风雨》中的"风雨凄凄"。

渐渐坠入

痛苦的哀怨

定格了

瞬间的柔情

暗暗窥探

夕阳的无奈

埋葬过去

远路的萧索

默默书写下

夏日的期待

深深把爱融入回忆

恨恨把痛苦融入诗歌

2004 年 4 月 3 日

默

流年在心中划过

留下它的行迹

也如是

星空下的许愿流星

就只有

那短暂的一瞬

无端徒留

一段美好回忆

原来是我

什么也不懂

空留不住

那妄想的臆象

只有忧心忡忡

还有莫名的感动

破碎的心不能弥补

空虚的心没有退路

双眸的凝视

只是一刹那的温柔

清淡的余香

不自觉

挥散去了他方

安静吧

让世界停滞不动

因为人生是苦短的

沉默吧

让世界凝结不化

因为时间是会升华的

2004 年 4 月 7 日

遇见

那个湮远的流年

是和你

第一次相遇

是八月的流星

划过我的心际

夏天的气息

不可思议

懵懂的花季

有着别样的心情

我悄悄坐你身后

只为听到你的声音

面朝你的方向

却假装漫不经心

就算只是不经意

抬眼望你

也无时萌发

一种美妙不可言语

记忆里

夺目的彩虹

是那日的见证

仿佛似曾相识

可水汽

又重温了它的色彩

只有短暂的几秒

恰似翻去的

每页日历

流逝的时光里

也许只有

最初的体会

最值得流连

校园里

没了好几个身影

已然不记得

当年的情景

印象中

那个美好的精灵

犹在心中

昙花一现

踯躅在那个年代

一个人

喁喁私语

2004 年 4 月 16 日

意难尽

沉寂的心中

没有一丝波澜

只感觉

空气里弥散着离思①

呼吸着透不过气

那是因为我的心中

放不下你

那年六月

在街头

夏天的热霭

进逼着我

轻轻一声呼喊

只为你回头的一次轻笑

———————————————

① 离思：这里指别离后的思念。

那个充满味道的夏夜

是一个

美妙的转眼 ①

是一次

永恒的体验

记忆里

迷失了

回去的方向

可还隐约记得

我把你的书

交还予你

好想再有

借口再见你

等待下一次

希冀里的奇迹

2004 年 4 月 27 日

---

① 转眼：表示迅速地看一下、瞥一眼。

蓝夜 ①

湛蓝的天空

久久不肯消逝

渐带的微色

是不忍离去的

晚霞余晖

不愿匿去

这是它最后

对天空的眷恋

可只得同夕阳

一道淡褪

或浓或暗

漫卷苍穹

隐没在

---

① 蓝夜：指的是晚上的夜空并不是纯黑色，因蓝色光容易被散射，使得天空呈现出天蓝色。

这无垠的天线

夜的到来

夹带着蔚蓝

出奇岑静的蓝夜

有虫声伴鸣

蓝黑又明净的远天

有音乐伴唱

寂寞聊赖的日子

有明明相随

2004 年 5 月 2 日

往日

我静静地坐在

你曾坐过的位子

落日余晖

洒在我脸上

迷茫地

看着眼前的事物

感觉一切

竟如此静美

那霞光远景的尽头处

是第一次

见你的地方

让我依然念想的是

那一沓

厚厚的空白信纸

想让它

写满我的情思

折成千纸鹤

寄去我的思念

收获一份静谧

这美丽的校园

多少天后

也将告别

这眼前的绿

无奈的心中

平添一丝悲伤

夕阳落在我脸上

我看着

沉湎在我眼前

这即逝的一切美好事物

2004 年 5 月 3 日

萧索

夜静得如一位

端庄美丽的母亲

繁星在夜空中

像嬉笑着的孩子

笔直的道路

迷茫了

在前头的方向

虽然累了

却仍然指引着我

前方的道路

永静着的一切

只有歌声

像一把尖刀

插在我心里

才明白是

这孤独寂寞的隐痛

这时总忘不了

天边

轻轻地抬起手

想要去触摸

那藏在心灵深处

占有无限空间的

立方体

每次总有

不一样的体会

就像生命的历程般

须臾恒久

却又无处不在

灵感在心中

慢慢升起

抵挡不住

心中迸发的倾叹

也抵挡不住

手中的笔头

这时悲怆是

从心中流向手心

顺着手心褪下笔尖

又从笔尖逆流回头

就这样

不间断地循环

最后我的心

凝结了

闭上眼

忘记一切

在窗前静思

只剩一次又一次

默念勾写

你的名字

2004 年 5 月 5 日

伤

冷是从

脚心到手心

痛是从

心底挣脱出的声心

心触碰了

遥远你的方向

眼泪不自主

想向外流溢

可却没了

能流的清透泪

又是一股

熟悉而又陌生的气息

包裹了我

自心内向外

又凝结成了

一段段水柱

2004 年 5 月 15 日

幻见

我的眼前一亮

远处人影中

一下看到了你

我拼命冲出人群

只为看你一眼

这里仿佛

因为有了你

变得更美丽

平静的心路

突然也起了波澜

那一瞬间

所有的烦忧

好似烟消云散

我的心

潜藏一股力量

竭力寻找

那难以忘却的气息

你的一回头

似乎重新

让我看到了

回忆里

那美丽幻影的精灵

2004 年 6 月 15 日

找寻

我静静

看着你的春靥

仿佛感觉

世界窒息了

我渐渐

听见你的心语

好像甜柔

柔情之曲

我默默

凝望你的微笑

才知道

那是你的妙音环绕

我悄悄

为你祝福

希望得到

心灵上的满足

大梦初醒

方知一切竟是虚幻

留在那里的

是你渐远消散的梦影

未来的梦想

我还在寻找

寻找曾经

那些让我失落的叹息

寻找曾经

我遍布的足迹

寻找曾经

我迷茫的方位

寻找曾经

我向往的星空

寻找曾经

我感触的瞬间

这时我才发现

原来江水是记忆的回眸

脚印是大地的馈赠

方向是感觉的向导

晚霞是夕阳的绝迹

而泪水也是欢喜的表达

而我仍在不断

寻找和倾听

你留下的足音

因为那是过去的我

对你永恒的追忆

2004 年 6 月 20 日

夕阳

我已感到

夕阳的斜晖

打我心头窜过

是期待着

美丽的悲思

把自己

最后的暗影

补填在天空

它掠过我脸颊

抚摸我

未尽的泪水

抚平我

破碎的心府

向着它

作最后的告别

在这世界尽头的

某个角落

许下最后一个心愿

2004 年 7 月 7 日

诉说

你选择了离开

这个决定

让人想不明白

我的内心好无奈

只剩日夜期盼的等待

多少次

送走的云彩

是无间循环的期待

而你依旧没回来

于是我常常

打开窗远望

多少次

对着星空发呆

踱步躲在屋里

暗自受伤害

一个人的青苔

两个人的尘埃

独自在小道上徘徊

平庸的生活

百无聊赖

多少次在梦里

被陶醉成

无忧的小孩

而我仅仅只是

你烛影下

默默滴落在你眼前

悄然无息

为你倾吐的烛泪

2004 年 7 月 7 日

晴天

阳光不再躲进乌云

流露它的光芒和热度

白云也有了

它自己的空间

天空放荡着

希望的延伸

漫山的青绿

顶破苍天

潺潺流不走的天光

树木也变得明亮

我想

在光的尽头

定是落水无声的

天晴日子

而我

内心的天晴

却在这晴天里

失去了影踪

2004 年 7 月 8 日

思往事

那一刻

激动人心

曾叩起

我内心深处

多少日日夜夜的期盼

回想过去的

种种场面

也曾让

我泪流满面

虽然如此

但我不想清除

就此遗忘

放弃那段

美好回忆

我望着星空

近郊吹来的逸风

感觉远方

她的消息

现在的我

真的无法触及

那些她在岁月里

留下的风景

2004 年 8 月 8 日

眼前

那明亮的一瞬

我的眼前

轻轻飘过

那么一线夕阳

它越过我的心头

带着回眸

记忆中的梦境

就这么一道

在我眼前

我感觉是

憧憬中的希冀

一会儿它不见了

定是又到了

世界的另一个角落

可能那个角落

正是我要的平行依靠

而我又将

怎样寻找

那残留在夕阳下

遗失在梦境里的

无形轨迹

和它耀眼的光圈

我的夕阳

我的天

永恒本就在我眼前

2004 年 9 月 1 日

星影坠

夜静默在空中

月桂飘香在眼前

明月的前方

是淡淡的忧伤

我在慢慢回忆

还残存在

记忆里的些许东西

可我的眼前

依然暗淡

找不到

熟悉的靓影

也留不住

先前纷扰

我的感动

分融在两地

那个偶然机会

徜徉着躲进

自己的角落

阵阵花香

曲曲乐声

正是远方的她

沉淀在我心里

2004 年 9 月 2 日

心死

心中的希望之灯

已熄灭

我的心

永远不能平静

无尽的尽头

却是永远

在关于你所有的

记忆碎片中

提取的那么一小段

不断按下暂停

不停擦除

无限的重复

伪饰着

标志性的结束

我的心在微颤

它在黑暗中

找不到出路

我笑自己的天真

哭自己的无力

收拾好一切

对着它说再见

天渐渐地暗了

心中的烛火

已然褪去

原本的星火

也灼烧殆尽

飘得没了影迹

我需要安静

但我的心

永远也得不到安宁

因为找不到

因果的答案

而它终于死了

就在这

十面埋伏中

四面楚歌下

被狠狠杀戮了

死得糊里糊涂

明明白白

却也干干净净

所有的不甘心

是那么地

枉费心机

无处的感动

到头来竟成

云烟散尽

无力求助

我在细听

但这一次

我什么也听不见

听不见

世界的沉吟

听不见

你的低声话语

听不见

万物的气息

这时我才意识到

我的心

它的的确确

已经死了

2006 年 6 月 17 日

放下

放手的背后

原来是这般的绝望

它隐匿无处

无奈和委屈

在转身的一瞬

蔓至全身

而最后统统

连成了一片愁城

愁城之后

已经无力

唤起你的名字

因为已经靠不近你

回忆却还一点点

连成线

浮现在我面前

我瞥见

那一声声的嘘叹

还有穿越时空

成千上万次的回首

依然挥之不去

宛如把把匕首

狠狠刺穿我

早已千疮百孔的心

碾碎我

窒息的心魄

这时才发现

在那个夏天

我的心

早已遗失在那个

回不去的十字路口

明明知道

自己做不到

却要勉为其难

不懈追求

明明就知道的结局

还是不能释怀

那么还是让时间停滞吧

让我重生

我不想做一个

心疲的行者

一个得不到

半点怜悯的庸人

更像是一个

流落在街头的

行尸走肉

放手以后

你还是那个你

而我已不是曾经的我

2007 年 8 月 22 日

第四章

杂篇补遗

翻开抽屉，还有遗忘在角落里的东西，或多或少

也应该被想起……

圆月下

默默走在

月光铺洒的路上

人也静静

夜也悄悄

我一个人

独自彷徨

独自思愁

夜幕的静默

让我迷惘

这时我才发现

是明明

把我和她

连在了一起

这时我看见了

遗失散落

在记忆里的昨天

睹月思念

每一个

曾经和我认识

曾经和我

擦身而过的有缘人

在这个特殊时刻

在这个圆月时节

那些苦味回忆

落在我的心田

化作天上的月弦

也化成

那一弦的念情

2004 年 9 月 28 日　圆月

乌拉

一声乌拉

震破天空

法兰西的冠军

全民的狂欢

乌拉

清脆的声响

再次回响

寂静的夜空

疯狂的表演

街头的足球

乌拉

今夜注定

是不眠夜

自由伴随奔放

是法国大革命之火

抹不掉记忆里

残存的呐喊

2016 年 6 月

法国欧洲杯夺冠夜

留下

我的朋友

你走了

没有留下

一点痕迹

仿佛抹去了

我们的曾经

我的朋友

你走了

没有留下

一句道别

朋友圈只剩下

断开的几条横线

我的朋友

你走了

没有留下

一丝笑意

却还清晰记得

你为我弹曲的惬意

我的朋友

你走了

不留下

一点希冀

只剩一种

莫名的心情

我的朋友

你走了

渐渐模糊的种种场景

像极了遗留在海滩

逐渐被冲淡的脚印

我的朋友

你走了

只留下

畴昔的友情

把它放在心里

默默叨念着铭记

2020 年 12 月

吃了一口苍蝇

如果一不小心

吃了一口苍蝇

不要觉着恶心

义无反顾吞下去

只能让胃液消化它

吞得越快

越早去除

在嘴角残留的恶臭

不必惦记

要是还有反胃

仍有恶心

再荒谬也是实事

想来思去

无计可施

也无济于事

大不了

用香料去腥

用甘露取甜

也好过

被同化成

它的味道

2024 年 9 月 21 日

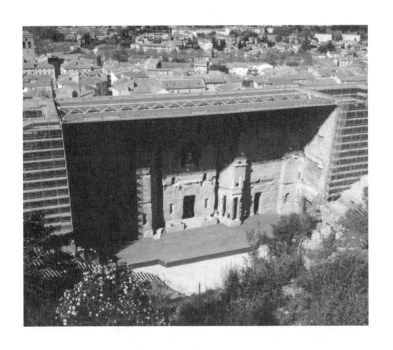

梦

梦里你追着我解释

我放下了隔阂的戒备

是因为你给的安慰

让我心软难以应对

我们和好如初

这像是应验了

梦境照进现实的倒置

而现实里

我们已经分开很久了

惊醒在永夜里

醒来还残存

现实世界里的断念

冷漠带走了你的信念

比起和你争辩

更难受的是你的误解

让我无言辩解

堆积再多的误会

只有梦境里

让飞鸟追逐星月

尘寰里

让流萤爇① 燃磷火

2024 年 9 月 28 日

---

① 爇：ruò，指燃烧、点燃、焚烧。

后　记

在智能AI盛行的时代，当你在键盘上输入指令时，它就能为你写出任何你想要的东西，包括诗歌。可它始终代表不了我的思想和情感，以及我多年经历的特殊性和独立性。

正如这本诗集，它所承载的情感，不同的时间节点，以及每一句话、每一个文字，都是我独一无二的真实表露，对我来说都是弥足珍贵的。创作是需要灵感的，尤其是我在工作以后，在创作上花费的时间并没有以前那么多。虽然断断续续，但对诗歌的追求却从未停止过。在有灵感的时候，我就会毫不犹豫提笔记下来。反之，没有创作欲望时也不会强求自己。诚然，诗歌一直是我热爱的东西，也是我释放压力的港湾。

在这里，我要感谢亲朋好友对我的鼓励，尤其是我的家人给予了我最大的支持。也希望读者在字里行间里，真正感受诗歌的魅力所在。不仅能找到属于自己的那缕光，为你们指引方向，我更希望每个人都能找到那份属于自己的感动。最后，我想说的是，这是我出版的第一本诗集。也许以后还会有第二本、第三本，可能还是诗歌，也可能会是其他体裁，比如散文或是小说等等，让我们拭目以待吧！

朱章铭

2024 年 9 月于杭州和庐